抒情的彼方

邱振瑞 詩集

自序

依時間順序而言，我的文學生涯是從詩歌創作開始的，更確切地說，詩歌是我邁入文學領域的基礎與起點，一個不可退轉的精神路標。一九八三年，我的新詩之路在嘉義的《掌握詩刊》上開展，在諸多寫詩同仁的砥礪下，我那激越的詩情之火焰更加被垂護地燃燒起來。在那以後，我盡情所願地抒情寫詩，寫出的詩作有的在報刊上發表，有的就這麼置放箱底與流動的時間共享安謐。當時，我的想法簡單無比，寫詩並非為功成名就，並非為贏得詩壇的桂冠，而是我深切感受到一首詩歌的完成後，那種用詞語很難表達的愉悅心境。抽象地說，那是詩神所賜予於我的召喚，要我終生守住這個奇蹟，只要我的指頭還能敲打，隨時就可寫下自己最深然的感動。然而，儘管有這樣的機緣，詩友亦鼓勵我出版詩集，但是我始終認為詩集自有其面世的時機，我應該尊重和順乎這規律的安排。

於是，因於經濟壓力的因素，我持續寫詩的同時，大部分的精力都投注在翻譯工作上，日夜不曾懈怠，直到我譯出幾十餘部日本小說以後，我手邊那部厚如磚塊的《現代日漢大辭典》，竟然被我折騰得書背開裂內頁皺摺不堪了。或許這樣的付出獲得某種回報，我的生活情況因而相對穩定下來，便又執筆撰寫文學書評和創作小說，更勤奮地鍛煉自己的文筆。近年來，先後出版兩本小說集《菩薩有難》和《來信》，這些作品足以反映我熱愛小說的情感，以及我對於臺灣社會內部的急遽變化而造成底層人物命運多舛的關注。從這個角度來看，我在文學創作中似乎已取得某種程度的滿足，至少羨煞很多文學圈外人，但我依然無法忘情詩歌的靈魂，當它輕易盈滿我的內在生命時，我就如同獲得天神般的力量，不消多少功夫，即能完成對於詩神的承諾。雖然這是我個人的體驗，但我體會得尤為深刻，希望用文字寫就下來，使之與時間對抗，而非讓它僅僅駐留在思想的流沙河之中。

去年開始，詩神似乎特別善待我，在這微妙力量的促成下，我順利地寫出一〇八首的詩作，也就是這次輯錄成的詩集《抒情的彼方》。我在這些詩作中，既有自我意義的完成，還演化出詩歌作為我思想情感的載體，如何使我所思的境界成為可能，或者說可以達到什麼樣的高度。若說將這無形的精神流動視為宗教般的秘契經驗的傳承亦無不可。我甚至很希望這樣看待。正如天底下所有事情的發生都有其因由意義那樣，這本詩集的誕生同樣具有幸運的色彩。在編書過程中，我萬分感謝伊庭的鼎力協助，讓這本詩集的遠行多些祝福。因為我相信善緣促成的東西，最能承受時間風雨的考驗。詩歌在時間中試煉我，我在時間中歡喜接受，並在迎受的愉悅中得到復活。

邱振瑞

二〇一七年四月十四日　臺北

〔目錄〕

自序——3
大海已經回答——11
春雨——12
水滴——13
致枯石——14
山中湖——15
藤蔓——16
墓外回憶錄——18
沉船——21
尋找——23
溫暖——24
春雷——25
一棵櫻樹——26
線條——28
彩虹——30
相遇——31
石頭——33
如你所愛——35
路標——37
海潮音——記日本沼津一遊——39
海邊的烏鴉——41
肖像——43
孤獨的廣場——45
夏日抒懷——47
暴雨過後——49
新詩——51
風的搖籃——53

暮色——54
魚影——56
島國——58
鄉愁——60
風——63
重現——65
幸運——68
火焰——70
驟雨——72
闊別——74
土地——76
面影——78
還鄉——80
金蕉在天空舞蹈——82
父親——84
與海岸線同行——86

立秋——88
浮萍——90
防風林——92
山巒——94
嘉南平原——96
居所——98
邊境——100
風箏——102
骨灰——104
青煙——106
願望——108
老井——110
秋櫻——112
彼岸——114
雲的墓碑——116
草葉集——118

秋雨—120
圓月—122
回想—124
歲月—126
晚秋隨想—致詩人H—128
自畫像—130
往金秋的路上—132
山音—135
活著—致津野晴孝先生—137
喚醒—139
回程—141
夢土—143
記憶—145
來信—147
十二月—149
點燈—151
應許—153
相約—155
遺忘—157
焚火—159
蝴蝶—161
思慕—163
雪中林—165
塔—167
淡水河—169
布袋蓮—致《掌握》詩社同仁—171
歲末—173
問樹—175
相隨—177
河畔—179
稻穗—181
夢境—183

仙人掌——185
致中央山脈——187
神奇的天空——189
回流——191
並非告別——193
青山墓地——195
解凍——197
抒情的彼方——199
寒天——201
雲使——致哲學家賴顯邦——203

大海已經回答

當所有的苦難全湧向了你
我在思考被淹沒和被拯救的問題
你總是微笑以對
不施予任何的安撫
似乎在呈現語言多麼無能為力

當我陷入頓挫的輪迴
一如往常那樣
你只升起遼闊無垠的沉默
奔騰的浪花飛沫彷彿在說
其實大海已經回答

春雨

過了中年
濕重的春雨已不是浪漫
不在你的詩行裡灑下薄霧
它從來不多說什麼
只願意給你照亮的啟示

過了中年
冷峭的春雨已成了舊識
它比以前比石頭更加寡言
只在你最困乏的時刻
滋潤你　讓你成為自己的道路

水滴

所有的水滴都是榮光
從不避諱與卑微共存
站在生活的浪尖上
一波波湧向破碎
只希望大海記住它們的笑容

所有的水滴都有夢想
不在乎前途布滿危險
沿著荒涼的暗夜
悄然滲入堅硬的凍層
只為讀懂歷史深處的傷痕

致枯石

你寧靜地抬頭凝望著
自始至終同樣的姿勢
當殘酷如焚的季節降臨
你必定站起來悼念
那灰空中餘溫灼人的墓群

於是你決定以默契相應
連結來自各方風雨與雷電
返回被抹煞的年代
不管時間是否回轉
你祈求地底的石頭能夠復活

山中湖

陽光剛抵達青春的山巒
黑鳶一如往常巡遊
樹群伸出葉影在水上寫著什麼
涼風特別放慢腳步
傾聽岸邊微瀾的祕密

沒多久又見流雲霧靄湧至
灑下比古井蒼然的時刻
那荒廢的小徑仍然期盼蔓草葳蕤
正如在迎接晴朗的日子
也要記念有過雨霜的往昔

藤蔓

感謝造物者的安排
我成為廢墟中的一株木麻黃樹
每天仰望蒼穹
思索影子沒出走的隱喻

偶然間
我發現滿身被藤蔓深深纏繞
視野逐漸失去遠近
分不清晝與夜的界限

但我知道路過的夏風
依然笑得靦腆

蟬鳴在各自的暗處
燃燒未竟的革命之火

於是我學會安靜地佇立
挺住這濃得化不開的綠蔭
並懂得它的轉義
生命中有時得戴上柔軟的鎖鏈

歲月如往常遷流
我終於理解它束縛的寬宏
從此欣然地承受累加的輕與重
直到自己轟然倒下

墓外回憶錄

往靈骨塔的路上
揚起闊別已久的砂塵
兩旁長至齊膝的甘蔗叢
透露它們如青紗帳的夢想

雲雀在半空中歌唱
彷彿在安慰憑弔者切莫哀傷
環視家鄉的田野
雨後的陽光決定化成希望的晶瑩

越過了寡言的石橋
就是迎向祖靈們的庭院

每棵榕樹的綠蔭捎來問候
畢竟有些轉折一時無法說明

流轉如海的阿彌陀佛號
輕輕拂拭亡者與生者的臉頰
這時思念像地泉般湧出
無論在墳裡或者墓外

不待荒地的熱風乍起
冥紙便已旺燃升騰起來
在這清明的時節
它們都自願化身為翻飛的黃蝶

所有的喧囂終將歸於平靜
一切無間亦可能上升

凝視回家的路程
我不禁懷念起驟雨敲窗的童年

沉船

擱淺在如監獄島的岸上
日日夜夜的靜寂多於震顫
生活的浮沫無法浸透你的思想
鷗鳥喜歡在低空中傳播謠言

於是你決定出發
回應超驗世界對你的呼喚
在冰冷的彼端
奔出停滯為你部署的那片安祥

一開始
你就預知毀滅的危險

所以無論如何要迎向浪濤的撲襲
儘管流亡的魚群對你視若無睹

你比任何時刻都清醒
黑暗的力量足以把你撕成碎片
可在你看來異端的衝撞
遠比沉到無間的海底更重要

尋找

昨夜的風雨並未停留
只知道陪同時間的層層落葉
就這樣一齊遠行
沒說什麼歸程與因由

回望青春年代的天空
虔敬的焰火還冒著微微紅星
一種情感疾掠而過
驀然想起逃難的流星依然庇護著我

溫暖

我深知仰望不能改變什麼
只為凝視你而穿越冰川
所有被摧毀的世界
都無法恢復
但我仍要獻上熾熱的雙手

我了解時間遷徙的位置
因此加快了行程
若能及時趕上
請允許卑微的我
在你的額頭留下溫暖的呼息

春雷

前年的春天酷熱異常
水田總比農夫醒得更早
溪流暴漲從山間奔騰而來
它的情感依然澎湃萬千
為自己宣示季節的開始

造反的風歷險歸來
昂然出現在我的面前
又迅即穿越時間的高峰
它不改本色地嘲笑
我把失蹤的驚雷都埋在詩行裡

一棵櫻樹

歡迎所有的賞花者來到樹下
野餐嬉鬧和閒話家常
再多旅愁與苦澀的離散
我都會撐持到艱難的盡頭
我感謝遍地如茵的青草
並向沉默的河面
收留我的落英花瓣
為我占據它的安身處所致上謝忱
我份外感念春風的升揚
正因為有它把我高高托起
寬容的穹蒼記住我的存在
並拓印在時間的記憶裡
我知道回報這些並不容易

所以在夏季綠葉讓毛蟲啃個痛快
讓它們編織情感的絲網
守護著它們脆弱如常的青春
進入秋天的時節
也不必多加計量
任何一陣強風
若有需要都可帶走枯枝的殘夢
黑色的幻冬抵達亦然
它從來不心慈手軟
總要把我拷打得靈魂顫抖
就是為了催出希望的新芽
身為一棵邊緣的櫻樹
我從未想過揚名立萬
若說有什麼心願
只求理解我生命中的流轉

線條

不需神靈的允許
特立獨行的旋風
已為命運多舛的荒山
雕鑿出沉思的面影

廢墟在等待復甦
枯樹和圮地寸步不離
只有佇立守望的身姿
黑暗中的笑聲不再乍現

候鳥得到這個啟示
成群結隊飛越天空

它們的語言有些凌亂模糊
但堅持寫出自己的致辭

回到時間的大海上
每陣浪潮前呼後應
以最猛烈的目光
凝視我有什麼本領

經歷歲月的翻覆淘洗
我希望挺住獲得勇氣
在直闖幽暗可怖的年代
能為思想劃出顯白的線條

彩虹

青年時期
我們以虔誠的赤焰
燃燒未來拚命追逐
那被分裂流亡的天空
儘快重新歸位
升起憂傷成疾的彩虹

勁風不斷襲來
時間在我們身後退去
戰友如失根的盛夏狂草
紛紛倒下重又站立
彷彿要銜接時代的斷裂
尋回失蹤破碎的彩虹

相遇

在天空下
忠誠的林海樹梢
期盼和遠行的雲霧相遇
那時尚未劃過閃電
回音正在等候
鳥群以凝視代替喧囂
風雨同意稍後降臨

僅有這靜默的時刻
葉尖的仰望才成為真實
哪怕這飄渺的使者
載不動所有的語言
接近你已然豐沛滿足

高山願意作證
地靈欣然為你祝福

石頭

您好　石頭
我要和您分享沉默
當危險把四周團團圍住
時代的暴雨和雷火聯手
闖入我們共同的記憶

我頓然發現
沉默作為一種銘寫
有時候比金剛杵
更堅實虔敬
還能幸運挺過整肅清洗

於是所有的奧義
就這麼化成了涓滴
凝結在精神的最底層
不在乎坦克張揚地壓過
轟鳴槍聲淹沒我們的耳輪

我堅信在某個時點
石頭終究要冒出新芽
正如浩劫後的彼方
被遺忘的廣大的沉默
如蓊鬱的森林般拔地升起

如你所愛

記憶真是奇妙
被長年放逐的季風
豪邁地喚醒砂丘的想望
憂鬱成疾的黃葉因此復活

細雨灑遍荒地上的稿紙
濕潤的手不分晝夜安撫
它們只慷慨付出
沒想過植下的文字茁成綠樹

你不必落寞不需苦惱
那遠颺消逝的哀傷

終將匯聚成歡樂的淚水
正迎向故鄉山河的懷裡

凡是你摯愛過的事物
它們從不曾把你遺忘
你已轉世千回
它們依然深刻記得

路標

一團世紀性的濃霧
遮蔽住前方的山路
恐懼淹沒景物的閃回
惶惑如猛獸把我重重圍困

時間就此駭然失蹤
層層落葉不敢發出聲響
恭順的群鳥關閉自己的喉嚨
只有破裂的百花果伸出援手

我完全看不見往昔的樹林
以為紛紛倒下的枯枝敗葉

在我面前鋪成一道長橋
引領我穿越森然的洞口盡頭

我決定化為陣陣清風
驅散劫難灑遍的迷茫
跨出的每個步伐
如立起而醒然的路標

海潮音——記日本沼津一遊

嚴冬就在眼前
它向來堅信自己的風格
從抵達的那一刻
到自在離開的時候
總要比密宗的奧義還隱晦
任你想像也猜不透

打開厚重沉默的玻璃門
就可看見北方的海在眼前
我驀然分不清光線的來源
莫非天空因海面映染成灰藍
或者因為注入了太多情感
再怎麼卑微的淚水它都肯收容

我發現臨海的松樹林
它們以各種的精神姿態
迎向迅猛而粗獷的海風
彷彿在演繹著什麼
又似在打撈難民破碎的語言
完全不理會我如何詢問

當我回到舒適的客房
異國的海潮音依然洶湧
仍舊在我耳畔形成渦流
我如一葉漂泊的扁舟
在驚愕的暗黑中前行
歡喜地回歸母親的光譜

海邊的烏鴉

細問之下
每隻烏鴉都有苦澀的歷史
有的被生活的波浪翻弄
有的安於造物主的安排

它們在海邊流浪
聽濤　寫詩　與暮色對話
不相信生命中沒有奇蹟
不期待退潮後送來漂流木

它們通常單獨行動
黑亮的影子緊緊相隨

迷路的魚屍偶爾登上岸來
斜陽永遠記得它們的背影

相聚聊談吵架未必不好
粗啞有粗啞的特色
被放逐國外不如死在故鄉
時間總會為它們寫下墓誌銘

肖像

突然揚起回憶的狂風
抖落晚春沒有帶走的埃塵
軟枝黃蟬撐起黃色小傘
堅持要庇護浪遊者的靈魂

綠葉探出白牆印刻日曆
超載的創傷透過根部吐放
荒廢的殘夢在棚架蔓延
已顧不得能否如實重現

越過時間隆起的峰巒
山音和蟲鳴一如往昔

在不合時宜的季節裡
我瞥見自己的側影

相信生活的彼方總有亮光
如海風樂於為波濤錄音傳記
每個跌宕起伏抑揚頓挫
都自成思想的肖像

孤獨的廣場

又到了屠殺的季節
天空深藍的出奇
馴化的紫薇格外慘紅
熱浪般的槍枝
一直等在外頭

雲朵成群倉皇地撤退
到安全的邊境上
說不出具體的原由
飛鳥匆匆出逃失去戶口
應當綻放的舌頭全然沉默

廣場上曾經被鮮血滲遍
坦克部隊轟隆隆輾過
森林般的自由的雙臂
政治的暴風雨正在逼近
就為徹底地滅絕和清洗

時間老人站在彼方徬徨無助
記錄著整肅時期的恐懼
只見歡樂頌歌氾濫成災
它們以捧殺的速度
一寸寸砍下廣場的孤獨

夏日抒懷

其實不必刻意等待
我已經收到來訊
如果時間沒有走錯方向

長年流浪在外的熱風
它不是受刑的苦難
所以它終將來敲門

在你倦乏的回望中
它勤快地把童年那片甘蔗林
擦拭得比記憶的鎌刀鋥亮

然後直接奔向溪畔的沙地
不是尋歡作樂而是探巡
準備出發的西瓜與藤蔓

它不能做出巨大的貢獻
至少可以沿路相隨
抽象的有時容納得更多

在重返與啟程之間
它總不忘對生活追問
卻無意留下什麼印痕

才剛跨出幾步
它又深切地交代蟬鳴
儘管烏雲閉鎖暴雨即將來襲

暴雨過後

暴雨過後
一切恢復日常
水滴匯成河流奔向大海
它們不計後果日夜兼程

固執成疾的枯葉們
寧願深深埋入土層
寧願被鐵輪壓個粉碎
拒絕跌進無間的虛無

那晚彎月悄然改變立場
捨棄高不可及的距離

化為每個殉難者的頂飾
在任何時刻輝映

革命之火因此受到鼓舞
感情的灰燼重新回魂
在遍地真理的盡頭
用僅存的餘溫拯救戰友

甜蜜的殘夢因為閃電撕扯
而更為明目清醒
它決定跟隨詩人的政治隱喻
繼續在煉獄裡如綠樹那樣燃燒

新詩

比旗幟鮮明的是犧牲
比鮮血更沸騰的是自由
在海風的鼓動下
思潮一波高過一波

比鋼鐵堅毅的是新詩
比巨岩更溫柔的是愛情
在時間的淬礪下
所有的想像力愈加繽紛

比道路漫長的是意志
比印跡更深刻的是真誠

在回音的追認下
被抹去的名字都將復原

比高山雄偉的是胸襟
比雲彩更實在的是眼界
在歷史的捧讀下
沉睡的靈魂都將升向天空

風的搖籃

牽牛花用盡力氣
蛇一樣地攀爬
不在乎站在多高的位置
仰望星星太陽
之所以無心勒死
老樹
只為敞開綠色的軀體
等待風的吹拂

暮色

每到這個時刻
叛逆的喧囂退到林間深處
怕你就此沒有惜別和遺忘
專注地往天空刻上凝視的殘紅

記憶的灰燼變得溫暖起來
從此足以抵禦時代的嚴寒
當廣漠的不安驟然而至
流浪的靈魂才不致於渾身顫抖

佇立在感傷的地平線上
你沒有多餘的奢求
只渴望化成最堅定的一棵綠樹

如果幸運地遇見雷電交鳴
就要用這慷慨的信仰
立刻為自己接地通火引燃

魚影

當所有的俯視和張望
得不到比鐵籠更牢靠的闡釋
別責怪在天空中翻滾的烏雲
不要詰問茫然的候鳥做出回答

我知道路過的焚風試圖調停
可惜它們似乎只憑藉熱情
用被馴化的標尺來丈量正義
得出和總結反抗者的靈魂

我企望月光如常升上來
在灑下淚水般的清輝
一併照鑑出某些悲傷的細節

誠如我每次回到記憶的溪畔
我只是悄悄臨近草叢
魚影驚慌而逃卻把我深深纏繞

島國

我違逆神奇的命運
像松樹般選擇站在這裡
在每個日日夜夜
任憑時間的刀鋒來磨折意志

風濤沉默得很有境地
用一種透澈如詩的目光
審視我擁抱死亡的姿勢
以此判讀虛假和眼淚的界限

我看見鷗鳥挺身出來做證
無國籍的魚群躍上礁岸聲援

這是百年風雨寫成的島國
任何理論無法改變這個事實

當黑色大海發出沉重的轟鳴
而我投下年邁的身影
至少我深然知道
我的憂傷和憧憬依然明亮

鄉愁

我終究說不出具體原由
那種奇妙翻騰的情感
它以比剎那更快速掠過
讓我在相遇的瞬間領會

在苦悶蔓延的春日裡
我看到稻葉仰慕蒼穹的身影
它在回應土地的期待
又把我沉睡的灰燼喚醒

每到盛夏時節的午後
我總是比隱身的蟬兒更早覺察

那再熟悉不過的氣味
驟雨從平原的遠處狂掃而來

有時候灰空中迎來快樂的閃電
沉重的雷鳴都顯得份外親切
所有在童年的暗夜劃出的火花
翌日清晨全茁長成青澀的詩行

流浪的秋季返鄉的時刻
難免說起歷險而挫敗的故事
在肅殺成為慣例的年代
靈魂抵達家門就是幸運的終點

家鄉的甘蔗叢林總要做出回答
嚴冬的冷風強勁得快要撕裂天空

它們依然舉起堅定而美麗的芒穗
在時間的渡口迎接每個鄉愁

風

我知道它隨時展開行動
理解它越獄的必然
高牆比現實遼闊無邊
抵抗便無法獲得恭順的福田

它流淌著自由的基因
所以從來不相信
偽善者和鱷魚湧出淚水
口紅假冒鮮血建造的樂園

它就這麼悍然闖入
無數被恐怖釘住的蝴蝶

若不飛出時間的牢籠
詩人的眼睛便愈加模糊

正如廢墟拒絕奇異的重複
殘樹依然結出傲然的青果
問它為什麼手勢如此堅定
只為枯枝敗葉唱頌墓誌銘

重現

如果消失是為了重現
我就能理解初升的朝陽
為何照亮海濱的山岩
細節有時不如象徵來得沸騰

如果消失是為了重現
我就能聽懂山音宣流的意義
飛禽走獸帶著各自的命運
在光的領域中得到傳承

如果消失是為了重現
我就能聞到勃然復活的氣味

卑微的花草必定找到出路
在腐爛以後寫出最終的結局

如果消失是為了重現
我抒情的味蕾就能得到恢復
在詩神慷慨降臨的時刻
充分體悟流轉賜予的苦樂

如果消失是為了重現
我就能深悟游魚為何隱匿行蹤
暫時退回水草的暗夜
只因還沒回應來自深淵的慕求

如果消失是為了重現
我就能騰出話語的叢林肉身

面對席捲而來的顫慄
自煉成抵禦飢餓的石頭

幸運

我感到幸運又出奇
我倏然獲得了一個視域
用它來丈量複雜的往昔
希望所有的惶惑得以鬆綁

所以一開始
我就停駐在泛黃的書頁上
克己地化身為忠實的腳注
等待著你從我的面前走過

我必須安靜地閉上眼睛
否則詩想不肯輕易拍動翅膀

而在暗夜的迷途中
自毀苦澀言語卻又隱藏回響

我如常地守在記憶的彎路上
看著日影流轉如何敘說有情
揚起的塵土終將沉重落下
我明白它們仍有未竟的旅程

火焰

原先的想法很簡單
只為凝視閃電奔騰的思想
它們如何回應天空的美意
能否抵達暗黑地獄的門口

原先的想法很簡單
只為匯集火焰的自述
聆聽它們與熄滅的對話
化為灰燼以後又拚命甦醒

原先的想法很簡單
只想知道熱情噴薄的抱負

它們如何感化時間聚攏的冰層
消融以後快速地長出新芽

原先的想法很簡單
只想證實流言的真偽
傷逝的群星終將被點燃復活
荒涼的世紀就要冒出革命之火

驟雨

沉重的懷思必然湧上灰暗
如盛夏時節難得晚歸的驟雨
在記憶與想像連接的窗板上
情感淋漓卻克制地摹寫自己

但是不能因此駭然苛責
它已經提供機緣的重逢
否則就永遠失去追念的起點
而被丟在空茫中與墓碑浮遊

這個時刻總是轉瞬即逝
比億萬年前殞滅的流星還快

因此超越隨著時間而來的救贖
但有過就能感受和喚醒存在

當生命困倦到舉步維艱的地步
所有的身影變成拖著漫長的鎖鏈
在這命運中你卻有驚奇的發現
雨腳的白光移走荒涼也把你照亮

闊別

在殘夏銘記的熾熱中
記憶的目光顯得有些模糊

忽然和矜持的陰翳慢慢散開
卻又立刻惶惑地圍聚過來

我確定在尋找久違的失蹤者
竟然不記得劫難淹至的場所

我知道必須愷切地懇求
才能聽見神啟如海的寬容

可是憂傷壓倒了一切
使我踉蹌地跌入無間的沉默

我看見時間站在地獄的門口
自始至終眼睛閃著真誠的光明

失落的未必都能安然找回
但奇蹟可以阻止命運的遷流

我百轉千迴實在想不出辦法
只能在詩行中虛構地與你相逢

土地

我曾經羨慕候鳥的勇氣
歷劫歸來又堅強奔向故里
我曾經仰望自由浮雲的群落
看它們被跟蹤駭然隱匿身影
我曾經探詢荒山禿石的回憶
每個季節都需要溫情的問候
我曾經偷聽到枯木終生的願望
土地乾裂仍要伸出細微的血管

我發覺自己比它們脆弱得太多
與時代風暴對決後卻沒能頂住

我終究離不開祖輩們的墓墳
那裡有熟悉的苦惱和親近的死生

當所有的想念鋪成遼闊的地平線
我就能看見星光在黑夜中導引

縱然陷入茫然顫慄的輪迴裡
島國的海潮音必定為我吟詩安魂

面影

我彷彿看見層層疊疊的面影
就這麼熟稔地走進夢裡

它們如同風塵僕僕的落葉
在晚歸的窗門上輕輕敲叩

它們似乎要言說著什麼
總有理由不肯讓我安然入眠

有些時候它們如火焰燃現
照出明暗的界限又不分先後

於是我好像得到新的醒悟
我曾經把憂鬱送給了山嵐

沿路掉落倉皇未果的遺言
最後將恐懼扔向圍攏的驚濤

原來這並非有情的顛倒夢想
它們重現必然有苦澀的內涵

在我淪為健忘的石頭之前
拂拭愛與怕的記憶便是復活

還鄉

我深切感謝雷鳴的啟蒙
在灰暗突發占領的生活裡
及時為我捎來震波和清涼
讓隱喻的苦澀暫時得到鬆綁

久違的疾雨不減當年的豪情
一齊在嘉南平原的土地上舞蹈
八掌溪畔瘋長的野草和碎石
寧願失眠顛倒也要為此喧囂

我為趕上這場召喚的盛會
從記憶中的田埂來回跳躍

管它是無限展開的現在序列
或者是返回到自身的現在

我看見青蛙和水蛇同時在場
為歸鄉者做出違逆命運的和解
蓮霧和芒果樹伸出見證的手勢
憂傷的蜜蜂找到失蹤多年的語言

我雖然繼承了還鄉的許多方法
但偶爾會絆倒在時間的門檻
酷夏的慷慨讓我自覺形穢
縱使季節錯亂它從沒把我遺忘

金蕉在天空舞蹈

我剛走入烈日揮霍的喧囂
只覺得乍起的金風追逐著我
揚起的塵埃翻滾如闊別的湧浪
緊拉住我的身影要訴說著什麼

我的目光沿著它的指引悅然升起
沒來得及測量那伸出高牆的景物
它是記憶中迸出的綠色火焰
或者是我以各種想念編織的年輪

我確確實實看見風在熱情搖動
然後以溫柔的手語撕開濃密的葉影

為我展現被有情遮擋的時間縫隙
好讓我向藍天白雲和殘夏問候

於是我終於更加理解風的用意
一以貫之的向度意味徹底的喚醒
我還必須回到精神原鄉的尺度上
用最清晰的語言解釋荒蕪的源頭

我仰望凝視昂立弓垂的香蕉
在政治季節可能倒轉的年代裡
未必能夠從青澀走向金黃的過渡
但我知道它們在天空舞蹈的時刻

父親

我的願景終於如萌芽成真
從飛鳥無法抵達的西方淨土
順利穿越時間劃出的平原
降落在我想像構築的庭院聊談

我很珍惜從飄忽轉為堅定的身影
那時刻所有形象得以固定突顯
木訥的父親化為濃蔭披展的榕樹
投映在我童年流連墓畔的草塘

他沒多說些什麼生前的風雨經歷
只嘲笑自己是遲歸百年的月光

但是他每夜總要巡視舊宅的周圍
為我奔騰的酣眠抹上清輝微涼

每次我希望時間之河能夠回流
就祈求奇妙的詩神慷慨的賜予
在任何時刻在陌生的海角天涯
我的千百轉念都能流向真實的海洋

與海岸線同行

我倏然被舊時的海岸線喚醒
那天慷慨的海水湧向天空
在白雲間隙揚灑澄明的湛藍
任憑高超的語言都難以形容

我把在場和境外的所有音聲
隱匿在綠蔭裡茁壯的秘密
沿著暗夜爬升而出的蟲鳴
合攏起來用它們來照映自己

久違的海風溫情地送我一程
小徑上的荒涼冒出串串金色印跡

自成波浪的林投樹叢放下銳刺
以最友善的揮手姿勢為我祝福

而直到昨日的黃昏匆匆來訊
其實風也有茫然頓挫的時候
它跟肉體凡胎享受同樣的命運
進入苦厄中又不可遺忘回向救拔

於是我不可思議地猜想
風作為時間的起點大海的使者
面對世間情愛的諸種浮沉劫滅
它是否也有自己的宗教信仰

立秋

生活的波浪為我展現仁慈
讓我如魚在水中詩意的安居
許多事情就這樣灑脫離去
我來不及仔細回顧與哀悼
整個夏季已然宣告撤退
庸常拖曳的日子照樣流轉
它們留下慷慨無量的餘熱
我用來喚醒去年寒冬的冰層

我看見田埂已為我鋪就詩行
燦然迎接立秋從天涯彼方降臨

我聽見故鄉平原的濃蔭合唱
每個音節都那麼曉暢分明

在往後如梭的日日夜夜裡
我還要學習火山噴發的勇氣

直面不合時宜的暴雨來襲
有什麼思想我都要堅實托起

浮萍

我從來不曾這樣設想
把你當成天涯流浪的化身
一旦相信這個念頭
等於我被有情的漣漪推向遠方

四季輪迴寬宥地向我解明
我和綠樹黃花拼寫出來的形影
如同由深黑到發藍的池水
將你高高托起然後勇敢漂浮

你總是比盛夏熟爛的果實清醒
比虛構的秋風聽出我的語言

所有從意義的深淵歸返的游魚
都確然相信真正的深層生活

當暗夜無垠的汪洋向我撲來
擎持著你點燃你放光的燈盞
那如群星冉升的綠色火焰
照亮的是並肩而行的前程

防風林

海風拂過你青春未歸的樹梢
細砂填滿歲月身上的眼睛

波濤與鷗鳥不倦地頌揚世界
撲向沙地的貝殼在抄寫經文

恐懼的總合不分晝夜方位奔馳
耿直如你被迫舉起蒼茫的尖刀

春夏秋冬如水車般如常輪轉
你依然偏愛木訥沉思的本質

你庇護出獄的麻雀重新築巢
無名的毛蟲在你頭上宣言

我看見藤蔓向空中興建墓墳
摧殘後的枯枝紛紛立著碑銘

我無法翻譯風雨與伴的往昔
只能在時間之外升起想像的羽翼

佇立在故土的你可能從未察覺
我始終為你的孤寂情誼深深著迷

山巒

沿著小徑的纏繞向你走去
我知道這方法只能靠近你

斑駁如海的樹影看得仔細
醒覺的流雲立霧聽得分明

由腳步印出來的貝葉和沉默
未必都能通往想像的抵達

我和塵埃奮發地攀登而上
有時消失在視線之外的盡頭

這並不代表著什麼高度
我還沒真正臨摹你思想的面容

時間的氣流陡然轉身揚升
我的情感等待凝結沉潛下來

我向無量無邊的光明祈請
把我送上天界又讓我重返穢土

沐浴著群山音聲豐富的寬宏
我頂載愉悅迎接日子的平凡

嘉南平原

我生活在漂浮的水泥叢林
領受它給我許多別致的思想
它與我想望如海的故鄉平原
相距暫時性的三百公里

這時我就是久未還鄉的陽光
要喚醒所有枯石敗葉上的露珠
連同剛被解放尚在適應的浮雲
一同迎向自成波浪的甘蔗園

它寬容讓我連接記憶的線索
從青春山巒的眼前飛掠而過

越過沒有河川流淌的立橋
直奔粗獷而寫實精神的田野

酷熱和嚴寒賜予我的稟賦
我確然以這種性格深深自豪
在翻閱時間滿溢出來的驚嘆裡
我盡情享受回味詩性的神遊

居所

早春的風始終等在門外
不說我的詩集何時出版
廢墟和青草認真地打量雨滴
以什麼方法抵達意識的迴廊

去年夏末的蟬鳴仍在燃燒
守在時間廣披的濃蔭裡
通往記憶轉折的樹林中
以奔騰的速度向天空蔓延

我知道晚秋向來沒什麼言語
從木訥到沉默劃出的距離

永遠如兩條錯身而過的河流
我總來不及描寫它們的面影

只記得和冬天的童話不期而遇
在這適宜惡之花綻放的季節
荒地為想像留出小小的位置
明淨抒情為我遍植安魂的居所

邊境

在名利霍然退潮的沙灘上
我和死魚殘貝浮沫促膝聊談

關於天空雲霧雷電的前世
關於月圓鳥鳴和阿彌陀的消息
話題和暴雨後的大海同樣寬廣
封存的秘辛露出水面歡快呼吸
我感受到礁岩專注聆聽的眼睛
惟恐海風的強悍把它統統抄走

於是我們放慢說話的速度
所有懸浮的往事都能聽得清楚

為此我們改變呈現表述的方式
決定向死而生然後重複流轉

詩神就是這麼通容慷慨賦予
從不圍劃鄉愁離散蔓生的邊境

就這樣從白晝到起伏的黑夜
我們繼續回憶和重建昨日的世界

風箏

在強風如海的支持下
把你從橫逆中陡然升高

陣雨因此顯得份外溫和
隱身在天邊和時間之後

烈日的熾熱比平常寬容
不在歡樂的高峰上把你擊落

你從此獲致俯瞰的視野
看見飛鳥的哀傷和塵埃潛逃

若有困倦的雲塊擦身而過
那是受刑多年失憶的遊魂

你不必特意驚動什麼
只需靜默如常溫暖祝福

正如青山綠水送給了你
枯石重生為晨露留下背影

最後你若驀然回想從前
我的思想與愛情如何浮沉

骨灰

自從發明了奇妙的荼毘
遺體頓然醒悟迎向灰燼之路
烈火以慈悲融化眷戀的肉身
一半鑄就現實一半留給哀傷
爐內的音聲如常地簡潔明快
眼淚的波浪全屬於眼淚所有
彼時天空若降下迷途的細雨
依偎山邊的林莽必定明白記得

歷經這騰升跌宕的五濁世界
終於抵達又重返命運的起點

當拔地而起的苦厄既已完成
似乎從此不必在乎存在的居所

深情自當為深情開啟新的旅程
毅然朝向緬懷遍生的濃蔭密林

一如至愛嚮往大海中的揚灑自身
最後仍為至愛泊在空山的時間裡

青煙

在輕與重黑與白劃界之間
你從此欣然面對不再逃避

沿著煙囪的嘆息鋪染的方向
穿越累積成疾哀傷的雜樹林

雨滴因前夜未融解憂鬱覆蓋
正需要獲致一陣強風的激揚

趁微笑的餘溫猶存抓緊時刻
負載著遺言和記憶一起升騰

中途必然要跨過時間的雲橋
無論你闡釋的方法能否通行

在三十三外天遇見的明與暗
終究只作為歷劫歸來的風景

你已是光柱的分身究竟上升
應當及時抵達不可有片刻遲延

直到天神點頭批准回執的語言
叮嚀剛出發的新靈魂要輕車簡從

願望

我用石頭的遺書寫詩
自然有沉默浸透的措辭
無論群星和月亮站得多高
從來不改變這個立場

我天生慣於叛逆的激揚
它要我遵照謙遜的風格
以筆觸的枯澀淡雅鋪成道路
重新接回過早崩塌的年代

至今我仍頑固抵抗得厲害
沒理會年歲的奔騰不再復返

眷念鄉音土語給我的啟蒙
出現在事物中又悄然隱沒

我總是忘記他者情感的託付
它一直埋在願望的密林深處
何時忠實地傳譯晦暗中的顫抖
這是詩人的使命無從迴避

老井

你從未改變仰望的堅定
一如周遭佇立的蓮霧果樹
在你悲傷時刻的默然中
為你遞出溫厚如土的葉影

你的視線依然來去自由
穿越枯榮相繼的縫隙間
奔向天空的湛藍問候
靦腆地與慷慨的陽光抱擁

對於不擅長表達的你而言
情愛的渴慕早於概念的存有

當所有的倒影都投向你
它們自成水中安定的懷想

返身收回出遊的眼神
青苔的蒼然已爬升至井口邊緣
你聽得見微瀾躍然地喚醒漣漪
擁有這些光影就能回味滿足

秋櫻

你如往常與湖面同樣沉默
清風拂開葉脈深處的矜持
細雨抹去前世的塵垢
安靜如斯無語地問向天空

聳立的山影逐漸向你走來
以肉眼可見的速度呈現
午後樹林的蟬聲鳴響成海
以肉身可辨的度量迴旋

這一開始並沒有所謂該然
所謂與季節遷徙的驚喜重逢

總是順乎自然乍起又消亡
只有彼此認同相互徹夜回想

而生命終究有些意外的慶典
在黑蟬櫻木領悟地迎向初冬
黃葉凋零仍要點燃枯枝的殘夢
我恰巧在這時光中全部擁有

彼岸

上天在彼岸做出這樣的安排
必然有其歷劫而生的隱喻
如過客般的微風雲朵和氣流
都承載著各自生命的讀本

萬千的倒影慷慨地灑遍湖面
沒有人比它更懂得生死的音聲
各種輕與重足以把其漣漪壓平
但它比高貴的言詞更為優勝

直到與暮色同伴回程之前
藤蔓的纏結尚未向我說明

我應當在什麼時分可看見
那是真非假是假非真的變現

而我就是想究竟這個咒語
白鷺鷥慢飛到底藏著什麼祕密
起伏顛簸的蟬鳴隨著初冬降臨
果真要抹去現世記憶的身影

雲的墓碑

我一時分辨不出究竟如何
你到底是失蹤或自願散離

從雲層的時刻變幻無法判別
哪種形體代表哪種方法路程

這使得為記念悲傷更為困難
沒有對象哀悼就沒有意義可尋

於是我只能遵循想像力的引領
儘管天翻地覆之後徒勞空轉

我依然堅持找到你往常的身形
縱然生卒年月已模糊成霧靄

我開始四面八方孜孜地求索
詢問過飛掠林海樹梢上的陣雨

穿過火山噴發出的熾烈煙塵
沉入擁抱陰暗化為地景的峽谷

直到某個奇蹟的日子降臨
我才知道雨滴為你寫下墓誌銘

草葉集

穿越公園小徑的深處
紛飛如狂的枯葉向我撲來
那是嚴寒凍紅面頰的季節
我聽見了如其所是的聲響
從頹敗的枝條躍然而下的
未必都能幸運與冬陽相遇
也許烏鴉對此不看在眼裡
四季的慶典豈不是這樣回轉

似乎只有黑色的土層尤為深情
覆著白霜照樣滲出僅有的溫暖

一切就等著竹篙命定般的梳耙
像翻閱歷史書頁那樣整然開展

扁平的記憶若壟成高堆的存有
烈焰就會為它們照亮歡快地送行

凝視紅火與青煙共同編纂的墳塚
我終於領悟為何抒情要多重轉折

秋雨

我知道秋雨如此變幻不定
必定有其分外深意的關懷

它拭去岩石中過多的眼淚
為殘夢過早融化給予安撫

昨日的蜉蝣群落已經遠行
卻沒有帶走廝守多年的身影

它並非只是出於天性的悲憫
總是及時收留倉皇奔逃的嘆息

在荒山絕谷的日日夜夜裡
為靈魂的焦灼尋覓沁涼與祝福

它未必希望被各種感知察覺
一如悄然而至不驚動在世有情

每次看它從灰燼般的天空降臨
我向它致上堅定如樹的仰望

在人與鬼在生與死之間
它最想把善與惡的縫隙填平

圓月

我領略著風雨的狂飆突進
從天涯海岬陸地平原撲來
沿路重新解釋何謂摧枯拉朽
慷慨地為廢墟實現自由死亡

從上而下返身迎向四面八方
左側路標在驚愕萬分中轉向
倒臥右旁的老樹意外覓得新生
所有的界限全歸於模糊整然

我知道圓月並沒有因此離散
它原本就如其所是展放明光

只是不忍把厚實雲翳撕成碎片
現在依然不分晝夜如此思量

我虔敬祈禱幸運地得到回應
在歷次劫難掀起的波瀾中
我尚能寧靜呼吸清醒地思考
而且賜給我祝福有情的寬宏

回想

我是來自壯闊平原的孩子
自然從這個視野恣意地聯想
有的地方只能遠望無法抵達
我便為搖籃夢土點燃新的旅程

沉默的關仔嶺份外顯得神思
侍從在側的浮雲都不願意透露
我開始為綠樹和夜空編造語言
這全然為了測定想像的距離

有時候枯草微塵隨風乍起
就彷彿鹽粒從濱海地帶向我湧來

我甚至聽見化身為魚的諸種議論
催促我盡快解明這纏繞的問題

現在我已經比野鴿思索得更遠
比西瓜田和蕃薯藤的志願更飽滿
每次進出時間劃出的牢籠
我總能安然脫身免於困頓被捕

歲月

我無法抵擋生活刻下的折痕
正如詩神突然迎面向我走來

平凡的季節長出平凡的果實
由寧靜的貝葉滲透出寧靜

經歷千轉百遍我又回到原地
卻因為遇見闊別的斜陽情感激揚

莫非它的形象從我眼裡消失太久
或者明暗的愉悅就此被推向虛無

於是我召喚叛逆的分身返回自身
如半夜奔逃的枯枝敗葉回到山林

於是我如其所是地直視自己浮沉
把應然的結果虔敬地交給命運

於是我效法枯坐而微笑的石頭
林風揚起時盼能聽出烈焰的思想

於是我趕緊閉上卑微如塵的眼睛
在時間的邊境繼續翻譯海濤的音聲

晚秋隨想——致詩人H

在秋季和詩行的轉折中
天空依舊送出應然的慷慨

潔白的雲卷布滿穹蒼各處
倒影在河面上同樣如新潔白

我們如過境的飛鳥俯身凝視
只為了回味靈魂經歷的顫慄

細微的水紋是否還在嗚咽
浮草什麼時候重返故土

我們掬起迷途多年的屑末
儘管只聽到失語常有的模糊

這並不阻撓眼耳鼻舌身的精進
正如掙脫的涼風把秋意喚醒

至少有微火伸出庇護的光影
每片死而復生的枯葉繼續航行

穿越黑暗為黑暗呼求的河流
我們重新發現微笑的墓誌銘

自畫像

狂風推開煉獄般的窄門
沉睡的幻象突然甦醒過來

來不及跟隨輕煙潛逃而去
就地化為可有可無的埃塵

你從來不習慣唐突和侵擾
只想在日曆中發現新島國

你知道迎向未必安然返回
如同深深跌宕不再崛起

如果天空深處足夠藏住祕密
所有的牆灰便有正途歸引

命運之手既然如此轉折安排
意味著你的決意和全部抱擁

這時若有閃電從眼前匆促掠過
你最想探問昔日和火影思想

那些被恐怖徹底撕破的飄零
何時復歸於遼闊無垠的溫暖

往金秋的路上

越過林海樹梢的海風透露
其實道路盡頭的蜿蜒和曲折
原本就如其所是的連綿迴繞
因為山頂的寒冷已在等候

在這慣於木訥的時刻裡
最適宜表達無垠的安靜與沉默
楓槭樹林依既定的年輪轉動
偶爾用微紅照亮小徑的暗影

遍滿的新綠自有堅定的見證
熟知歲月的鳥鳴隨時做出回應

由日夜喧響的溪流泛載而行
所有乾枯的石頭同樣如此期許

如美好的記憶從來不予凍結
在想像的深處自行開花成果
此時若有感性的雲霧悄然升起
它將在空中為你導引不致迷途

所以你千迴百轉地登上峰巒
不僅因為來自絕美風景的邀請
不僅因為凜冽寬宏開啟的清醒
還有更多境地更多不可宣說

八甲田群山是雄偉壯麗的詩神
在閉目沉思中依然清楚記得

每個行者來此如寒枝仰望的祈求
矮竹叢在冷風中搖曳伴你朗讀

這一切並非簡單的緣分聚成
而是詩神和命運合寫的全景
有金秋蕭索而奇拔俊逸的狂草
亦有落地無聲自在自為的色彩

在轉折下山迎向歸途的回眸裡
你發現諸多驚訝所展現的感動
斜陽穿透山毛櫸林間的縫隙奔來
還看見赤松和黑松樹道別的身影

山音

對於純真的少年而言
山巒永遠蘊藏著奇異與夢想

諸多脫落草葉樂意躍入奔流
因為每個名字都能耀眼旋轉

走進青春染遍山麓的盎然
你覺得鳥鳴和藤蔓付出最多

它希望愛情的果實覆滿增長
以此來拯救幽深小徑的絕望

不覺間來到灰色中年的午後
才頓悟落石為何消失的必然

所有自願埋身在溪底的石頭
似乎都在履行青山綠水的遺言

而若知道暮年難免迎接黑暗
你就可以釋然面對惶恐的纏繞

你看河流日夜在奔騰和喧囂
但是它最透徹沉默而生的寂靜

活著

——致津野晴孝先生

並非由於季節的流轉
也不是銀杏樹葉倏忽染黃
往北國深秋的路上
我直面追問這個思考
為什麼活著如此重大
它到底能承載多少意義
緊緊握住長輩溫暖的手
才知道要永遠收藏

在這如其所是的當下
微弱鼻息即成記憶的奔流
它終究流向時間的彼方
在黑夜的迷途中看見引領

活著不是為了放光
而是回向孤寂的仰望

活著不是索求更長的歲月
而是給生者更多活著的悅然

喚醒

當精神的困頓迎面走來
決定我彙編他者的起源
兩個石頭之間的隱語
透露彼此的未斷與相續
所有被陌生化的凝視
從此得以變為現實血肉
我聽見北國箭竹的話語
它們仍用冰雨抵抗嚴寒

東京國分寺庭園的葉青
正用倒敘回憶燃盡的楓紅
於是生活的平淡再度復活
思考本身也奮然泛起波瀾
冬風自在地越過我的眼界
卻不為我留下任何印痕
我終於明白這個秘密
擁抱他者的喚醒多麼美好

回程

當鍾愛的舊詞不告而別
我知道它不會走得太遠

它需要探訪相續情感的變遷
需要與原初的思想促膝長談

如葉片洗盡塵土後的仰望
在任何時刻倍加想念驟雨

如詩文音步的轉折與代替
就為成全心中迴蕩的韻律

所以我比越冬的候鳥堅信
暫時消失只是未斷的應然

在生活連續湧起的驚愕中
我總要回顧波瀾泛起的隱喻

任憑它百轉千迴不捨晝夜
經歷上天下地與諸方雲遊

縱使灰暗的天空圍攏而至
我確定它終將穿越風霜歸來

夢土

熱情問候與暮色同時抵達
思想的蕭索霍地暖和起來

這次枯葉和蔓草來不及跟隨
我們仍要為它們留出空位

這並非殺伐的季節已然結束
就能幸運地把浮冰當成島嶼

我們向來熟悉時代的噤聲
習慣於空蕩蕩如何展現虛無

這期間遇見過范特西的誘惑
頂著大光環躺在聲譽中享受

而幻想終究只是及其自身
不同於樹木鍾情土地的沉默

經歷過各種輪劫的歡樂頌歌
我們更相信和擁抱思想所愛

當世界快要降到冰點之際
我們用灰燼恢復火把的夢土

記憶

我一直沒撥開誤解的纏繞
沒看出眼翳容易遮住前方

如同浮雲為何徘徊在山巒上
它們並非就此告別不再重返

在蒼穹無限廣闊的空間裡
絕對容納得住任何激越奔騰

有時候獲得清風回贈的快意
即能在任何時刻啟程遠行

不必恐懼光影倏忽攔在面前
因此喪失記憶最深處的凜然

情感向想像力發出強烈呼告
可惜願望往往來不及萌芽

此刻似乎只能返求追問自身
用記憶的連續震顫留下伏筆

我終於明白雲霧為什麼流連
要在清醒中銘記所愛的過程

來信

最近我發現這樣的秘密
每次祈請都能得到回應

仰望起伏的雲層墓碑
斜影們自有詳細的注腳

你若到有情開展的海邊
浪花沾濕的印跡都有內涵

若距離真的太遠無法抵達
亦不必黯然而被悲傷壓倒

在森林或樹影徘徊的前方
落葉依然能越界傳遞想念

更奇的是在季節的轉身裡
拾到的都抵得過成千書簡

沿路沉默而行的石頭草木
欣然代為譯解時間的變動

在你最適合回憶的時空中
盡情如其所是地恢復過來

十二月

歲月慷慨從來不與我計較
即便我真實感受它的存在

我受惠於它博愛的提攜
在睡與醒之間和時刻流轉

生活的波浪依舊如常滌蕩
更多地湧向我深處的靈魂

而我錯把弱不禁風的徬徨
簡寫成巨大的符號驚嘆

不時撐開無知撲騰的羽翼
不曾與它的語言領域交談

正如我從未它在面前匍匐
何來真切映照實在的仰望

於是我升起懺悔如深的火影
為內心的暗黑之地續上亮光

在十二月應然必至的微寒裡
站在我的位置為其祝福送行

點燈

在這歲末深處生出的結果
它們對意義來源必有見解

我問過迎風沉思的山青
它們深知薄霧將提早降臨

渾身枝條向天空祈請仰望
葉片留給未竟展開的證明

一切都依循時間的法輪
從成住壞空到無常的溫柔

若不相信就詢問土地的夢
翻開土塊追尋冒出的氤氳

若再不信就請教農夫的手
凍傷的指頭依然記憶猶存

許多思想一直引領我的視線
而沒有比暗夜行路更為寬廣

歡呼彷彿聽見我啟程的昂然
在歧路中它們慷慨為我點燈

應許

命運把木舟擱置在岸地
水波並未就此轉身離去

依舊在晝夜相隨的轉折中
講述山音與黑森林的緣起

經受時間洗刷的碎石草屑
留在船底修補前世的憶痕

晨曦未必每次及時抵達
露珠便以清醒的詞語問候

若說正午的瀲灩有何含義
亦可解釋成對幽玄的追尋
暮色自有隱微如詩的想法
在恰當時刻做出溫暖回答
正如夜色從四方無聲降臨
絕不給孤獨帶來任何驚擾
嶄新的月輪堅持懸在中天
只為沒有說盡的般若映現

相約

冷雨尚未抹掉枯葉之前
留下的童話已悄然萌芽
如埋在石頭底下的初心
為拯救生活中的各種絕望

並非所有的芽尖都被看見
如痛苦與歡愉在相互滲透
前進拉著後退的沉默迷惘
穿越季節綿延鋪展的荒野

於是幻滅的獲得新生之火
從此離開煉獄閉鎖的大門
蕭瑟的葉脈為你指向前方

這時候你若倖存記憶猶深
千萬不可遺忘失蹤的月光
相偕而行迎接久違的寒冬

遺忘

不要責備遺忘的愕然
它們沒有拍動回憶的羽翼
可能受到諸多因由纏繞
沉重到極點而無法負荷

不要驅逐遺忘的情愛
它們可能只是暫時迷惘
駐留在政治焦土的邊界
正用深情的徘徊找尋出口

我終於克服地理解遺忘
沿著百轉千迴的奧義
一點一滴領受其中的荒涼

我終於果敢自持地闖入
詞語內海最深處的領域
認出我那失散多年的思想

焚火

落葉有深不可測的秘密
它從不告任何聲聞者
決不輕易吐露半點心聲
唯獨相知相惜的火與風

細微葉脈指向路徑彼方
偶有時間枝條乍然凋萎
而在躍下的告別瞬間
總有幸運和風及時擁抱

還有更奇妙的真實相遇
以火焚繼續燎原的狂熱
慢慢地映出夢想的表層

然後於最適切的時刻
風火的慷慨即要譯出奏鳴
它作為開端也銘記憂傷

蝴蝶

深秋轉向初冬之前
書頁中的蝴蝶飛奔出來
我來不及問明原因
只見到匆促翻飛的背影

莫非這個季節已然失常
詩歌的甜蜜尚未採集
生命的優雅不該如此陡升
隨時可以自由地迴旋

我好奇地趨近看個究竟
試圖挖掘它們的話語
跟著進出密碼般的花叢

這時若有大小陰影掉落
它們相互擁抱守住沉默
如領回失蹤印跡那樣欣然

思慕

暮色每日如常地降臨
來到我站立的廢墟中
走近書頁的最深處
向相濡以沫的文字問候

我視為當然的世間情愛
以為黃昏總要融入黑暗
如失憶奔向遺忘的墓地
最後由時間為我復活

就此我遲於意識的悔然
沒看出餘暉與聲聞的風景
用森林般的靜默顯現自身

這時我才真正地醒覺過來
追尋它無處不在的寬容
而且從不關閉沒有盡頭

雪中林

我穿越語言中的雪天
那是熟悉與陌生和解
面對更深的安安靜靜
思想得以甦醒破土而升

我發現廣漠如煙的視野
並非留下足跡最孤獨
枯樹們的呼吸份外溫存
地上群星睜開嚴寒的眼睛

我知道想像與界限遙遠
有時候不需清楚地畫分
紛飛雪片很快就把它掩埋

在這個詩意的青春上
隱微和顯白都獲得呈現
雪融之後各自躍然新生

塔

從任何角度望去
一切都顯得靜謐
寧靜的天空不動的風
時間過得份外輕安

走入寺塔合掌的斜影
遍山樹林以沉默點燈
石頭因而變得柔軟
野草更接近昨日的黃昏

煩惱的喧囂就此隱喻
並要我重新融入生活
否則根本無法認同

原本沉定就賜予我許多
由簡單到奧義的歷程
我沒有回答卻逆向爬升

淡水河

寒風越過水門的高牆
持續為敗葉枯枝升溫
視野陡然變得灰冷
未竟的殘夢跟著抽長

從荒涼的位置望去
其實與它就近在咫尺
我卻未掀開疏離的白布
不曾真正擁抱過縱深

作為台灣母親的河流
它必然自有歷史風格
無論殘酷之手如何變更

來到歲末盡頭的閘口
記憶的波光不斷向我湧至
每個漣漪迴旋都那麼醒然

布袋蓮——致《掌握》詩社同仁

風比任何人都清楚
布袋蓮底下的秘辛
如點與線構成的陰影
在恰當時刻突顯面容

它迅速繁殖展現力量
占領湖埤池塘的廣闊
庇護游魚的前世與今生
證實先於超驗的愛情

若風推不開遍及濃綠
就要求助更多驟雨

哪怕闖出的幽暗紀年
不像頹然而立的天空

當沉沒的抵抗緩緩上升
憂傷轉為新詩的河流
回憶鑄就自身的折痕
從來不為自己送行

歲末

烏雲無意遮蔽山巒的眼睛
歲末的身影而變得遙遠
原本在思想焰火之前
正等待我融化這個距離

日常隆起的荒塚顛簸依舊
起伏回轉只為必經過程
如來自寒雨和重霧的承諾
要無聲潤遍印跡的所有

當我恍然自己的換喻迷誤
時間的鐵蒺藜就遁入土層
徹骨纏繞的倒影就此消隱

於是勇敢的想像獲得正名
結束與開始同在嶄新的起點
再次從廢墟零年點燃重生

問樹

看你站立得這麼篤定
想必閱歷過多劫的光陰
春夏秋冬在各自闡述
你依舊沉默寬容地聆聽

你最理解雲雨間的愛情
軟弱雷電為何面向天空
莫非每個變形的年代
都能意義轉化互為啟明

因為有你廣披的回音
使我從此相信等候應然
而未竟的濃蔭原本如此

若問巨樹有什麼補遺
在不可度量的修辭盡頭
語言向來拙於表達自我

相隨

乘車經過初見的鐵橋
窗外陽光自信而妥實
正越過大漢溪撲面而來
蘆葦叢的姿影跟著升騰

沿著公路繞過繁榮市鎮
要造訪孤寒自在的詩人
林口台地已不似往年風冷
還能辨認出反抗的印痕

蒼老的書海依舊洶湧澎湃
在每堵白牆間凝視迴旋

不捨晝夜盪漾出金色綺想
回報歲月的平靜與寬宏

回程橋畔燈火份外躍然
浩蕩的大漢溪已然出發
迎向夜色與淡水河匯流
一起為臺灣海峽寫詩共鳴

河畔

我來到黃昏染遍的河畔
好奇悅然總是多於孤單
蘆葦瘋長的墓影既如往常
不讓我看清楚粗獷的面容

餘暉並未變得沉默寡言
及時照亮印跡託付的徘徊
水波相續相連展開呼應
所有遠遊未歸的石頭

若風放蕩沒能捎來口信
河岸的濕地同樣深切記得

越過晝與夜阻隔的牆土
透露埋葬的詩歌餘溫猶存

我無法測定歲月如何流轉
正如已經啟程卻未察覺
極目凝望都在精神的故土
看螢火升起點燃暗夜星辰

稻穗

我佩服非凡自信的冷風
把灰色的天空刷得蔚藍
陽光染遍田野所有眼睛
粗獷的腳印都受到祝福

我看見自成波浪的稻穗
彎腰向茫白的凜冽應答
決然用寫實筆尖化作鐵犁
繼續翻挖秋收冬藏的局限

我聽到夢土迸裂的餘響
每條思想彎折如細流奔湧

晝夜穿越驚險隆起的山巒
匯合地層與願望共同延長

我領受季節遷徙的包容
無論陌異的距離多麼寬廣
飽滿的稻穗慷慨為我指引
並原諒我生命中荒廢無成

夢境

我終於夢見童年的水田
一切顯得那麼歡快非凡

微風從田埂的深處奔來
撥響透明而多重的草影

浮雲等不及波紋蕩漾未止
亦要銘記孤獨寫詩的面影

時間和肖像待我尤為寬宏
允許我深情撫觸土地的腳

從此我理解到頓挫的必然
並引用烈火和冷霜的詞語

用它照亮冬盡徘徊的荒原
思想的冰凌從未如此平坦

每當流浪的夢境如願降臨
去而復返的音聲就要詢問

我中年之後是否如石堅定
愛我所能並守住往昔虔誠

仙人掌

所有的旅客都沒有發現
你的遺言就埋在沙漠裡

那廣漠成海和起伏的視域
就此遮蔽虛無和孤獨路標

若果荒涼的界線得以測量
國族認同的骨灰更易牢固

駱駝揚起串串沉默的印跡
就為拭探回風路過如何翻譯

你天生就迸發著詩人稟賦
總以綠意的想像承載命運

在時刻霍然消失的驚愕中
並未忘卻星辰需要指引

對你而言佇立即自我證成
不在乎背影能否越過沙丘

如果金色的眼睛如雨降臨
想必你會回報它們的有情

致中央山脈

我站立在西部平原的視野
如綠樹般向天空那樣仰望

這時若有上升氣流為我送行
我不知道該用什麼語言形容

它托起我輕如灰塵的渴慕
讓我得以逐漸接近不再徘徊

我不在乎霧雨齊聲聯合襲來
或者在暗光中與頓挫相遇

我不具備華麗喧囂的修辭
只有簡單平凡和虔誠的凝視

即便抵達時暮色已全然遮掩
我仍要向孤獨群峰森林致敬

我祈求這朝聖者的精神歷程
越過蜿蜒的稜線向東部親臨

若因我的眼翳無法辨識前方
故鄉閃電總會及時為我指引

神奇的天空

生活波浪不斷托起的高度
恰成昂首和最接近天空

舊時遷徙他方逗留的雲層
至今記得憂傷亦有新生年輪

嚴寒和冷雨攜手拉成鐵鍊
輕易越過你茫然未果的天涯

灰暗曾經作為時代主要色調
就抹去無數驚駭緊閉的眼睛

你看見希望和絕望一併降落
荒原寫不出詩歌依然站立起來

還聽見塵土回應自身的沉默
又抵抗失憶的裂痕繼續占領

你相信蒼穹總是這般神奇
任何凝視都有隱微的處所

當惶惑構成意義的時間汪洋
你知道雷鳴在延續黑夜的嘆息

回流

我有幸融入時間的奔流
每個時刻無不展現出神奇

枯葉從絕望的頂峰躍下
未蕩漾驚嘆前我已然托起

那未必成為復活的符號
都應該重新灌注送上旅程

然後一起咏唱共同遊歷
陌生與熟悉承載的交響

穿越山巒荒野擴散的想望
一直沉入諾言最深的地層

我有摯愛的飛魚和黑色浪潮
它們理解我冰封的詩意語言

而我總比昨日更歡快地湧動
全然超出敘說所給予的界限

你若問起我在什麼地方停駐
我說南方北方都在故鄉回流

並非告別

最後的烏雲與風同時消失
我確信天空決非用來告別

廣漠的記憶自願化為流霧
始終守在林海樹梢上徘徊

候鳥過境的殘夢得到回響
穿越冷鋒後依然餘溫猶存

若因為絕望過重沉降下來
那是短暫不安迸出的裂果

歷經冒險多變的思想旅程
未必就給予傷痕濃妝艷抹

如擁抱是為了更接近存有
並證實比石頭堅定的愛情

當歲月廢墟看似走到盡頭
以為冥暗就此遮蔽住往昔

但我看見所有瘖啞的遺忘
又重返空中恢復自信言語

青山墓地

時間向我伸出仁慈的雙手
疾走身影不致於變得笨重

詩人的路標仍然引領前行
使得迷路的危險暫時解除

登上寂然如海的石階之前
墓碑和赤松合影映在眼底

午後的陽光在枝條間蕩漾
青鳥從冥想的深淵中甦醒

所有聯結的沉默在此相會
向林波證明語言多麼蒼白

塵埃似乎不習慣透露祕密
寧願與殘雪相約埋在土層

紅梅初綻宛若要染遍天空
竟是用來照亮黑夜的前途

若記不得彼此問候的位置
烏鴉比孤寒的暮色更清醒

解凍

嚴冬指針還沒走到盡頭
我已經迫不及待地找尋

天空為我留下崩裂的間隙
我霍地想起告別與決然

凝視枯枝伸向彼方的穹蒼
飛鳥掠過也劃出黑色虹彩

沿著想像所延伸的銘記
總能在聲聞中獲得回答

童話樂園必然更為完善
迎向現實的荒地冒險折返

我終於知道話語多麼軟弱
卻是遺忘季節特有的寬容

正如你的名字別具意義那樣
我卻擅自開啟驚雷般的索引

其實你希望我在你的黑暗中
繼續翻挖遍植早春裡的光明

抒情的彼方

並非因為沒有深情的告別
而是這印象忘記向我鐫刻

如風雨狂暴滲入石頭的心
若僅只銘記似乎仍有缺損

枝椏向空中吶喊必有隱喻
不論詢問候鳥或發現天涯

浮雲的碎片未必全數返回
往事才化為可觸摸的鉛鐵

而我終究抵不住來自彼方
頓時無法獲得重建的眼神

你消失的記憶從此由我繼承
並用季節的變遷提醒自己

我不在乎顫慄是否壓垮恐懼
也祈求白晝向寒夜點燃篝火

當我書寫回憶中的生與滅
所思所愛皆成遮陽的碑林

寒天

我還沒從經驗視野中甦醒
早春與嚴寒攜手同時抵達

它們眼睛披覆過往的霜花
每次眨動彷彿某種奇異符碼

我解讀不出多重還原的轉折
就像我沒聽懂奔流與暗喻

這使我在荒蕪的平原上
日夜焦灼得自行燃燒起來

我發現呼告已沉睡得過久
而失去彈指揮間般的決然

精神漫遊者正在穿越邊界
文字的苦難未必得以放行

僅止如此即成希望的顫慄
帶著它們如風之影安靜遷徙

從這時刻起老視野灰飛湮滅
我重新敘述都要復活你的記憶

雲使——致哲學家賴顯邦

那天快車駛離首都臺北時
冷雨占領天際看不到界限
直到穿越新竹苗栗的平野
紛揚而落的雨絲這才停歇

我知道這是上天善意的安排
不讓弔唁者披覆得過度沉重
你說激情很難寫出感人文章
因為深邃來自於寧靜與輕安

於是我習得凝視世事變遷
不再刻意追問憂傷的起源

如人的命運不許濫用複製
它偶爾用來測量歷史浮沉

我的良知變得比暴風平和
就為向你呈現心中的雲使

這詩行沒有什麼通天本領
所以我讓想像力盡量飛翔

許多無形的總往天空逃亡
但我認定雲影存在你的笑容

而你終究比我來得自在瀟灑
就這麼隨著無聲的輕煙遠行

你已證成棄世者的不生不滅
我依然在通往解脫的路上摸索

當灰飛湮滅向我迎面撲來
我用記憶支撐懷念繼續冥想

語言文學類　PG1813　秀詩人09

抒情的彼方

作　　者／邱振瑞
責任編輯／鄭伊庭
圖文排版／周好靜
封面設計／葉力安

發 行 人／宋政坤
法律顧問／毛國樑　律師
出版發行／秀威資訊科技股份有限公司
114台北市內湖區瑞光路76巷65號1樓
電話：+886-2-2796-3638　傳真：+886-2-2796-1377
http://www.showwe.com.tw
劃撥帳號／19563868　戶名：秀威資訊科技股份有限公司
讀者服務信箱：service@showwe.com.tw
展售門市／國家書店（松江門市）
104台北市中山區松江路209號1樓
電話：+886-2-2518-0207　傳真：+886-2-2518-0778
網路訂購／秀威網路書店：http://www.bodbooks.com.tw
國家網路書店：http://www.govbooks.com.tw

2017年5月　BOD一版
定價：280元

國家圖書館出版品預行編目

抒情的彼方 / 邱振瑞著. -- 一版. -- 臺北市 : 秀威資訊科
技, 2017.05
面；　公分. -- (語言文學類)
BOD版
ISBN 978-986-326-427-9(平裝)

851.486　　　　106006599

讀者回函卡

感謝您購買本書，為提升服務品質，請填妥以下資料，將讀者回函卡直接寄回或傳真本公司，收到您的寶貴意見後，我們會收藏記錄及檢討，謝謝！

如您需要了解本公司最新出版書目、購書優惠或企劃活動，歡迎您上網查詢或下載相關資料：http:// www.showwe.com.tw

您購買的書名：______________________________

出生日期：________年________月________日

學歷：□高中（含）以下　□大專　□研究所（含）以上

職業：□製造業　□金融業　□資訊業　□軍警　□傳播業　□自由業

□服務業　□公務員　□教職　□學生　□家管　□其它_____

購書地點：□網路書店　□實體書店　□書展　□郵購　□贈閱　□其他

您從何得知本書的消息？

□網路書店　□實體書店　□網路搜尋　□電子報　□書訊　□雜誌

□傳播媒體　□親友推薦　□網站推薦　□部落格　□其他__________

您對本書的評價：（請填代號　1.非常滿意　2.滿意　3.尚可　4.再改進）

封面設計____　版面編排____　內容____　文／譯筆____　價格____

讀完書後您覺得：

□很有收穫　□有收穫　□收穫不多　□沒收穫

對我們的建議：______________________________

____

____

____

請貼
郵票

11466
台北市內湖區瑞光路 76 巷 65 號 1 樓
秀威資訊科技股份有限公司 收
BOD 數位出版事業部

(請沿線對折寄回,謝謝!)

姓　　名:＿＿＿＿＿＿＿＿ 年齡:＿＿＿＿ 性別:□女 □男

郵遞區號:□□□□□

地　　址:＿＿＿＿＿＿＿＿＿＿＿＿＿＿＿＿

聯絡電話:(日)＿＿＿＿＿＿＿＿ (夜)＿＿＿＿＿＿＿＿

E-mail:＿＿＿＿＿＿＿＿＿＿＿＿＿＿＿＿